Fabien DAPHY

Blup et Humpf

Mission : repérage

MILAN
jeunesse

À ma mère Héléna
À mon grand frère Arnaud
À Anaïs

Merci aux Amis pour leur enthousiasme, et leurs lectures avisées.
Merci à Clotilde Guislain et Aymeric Jeanson
de m'avoir fait confiance pour ce premier projet.

Site internet et actualité de Fabien Daphy
sur http://fabiendaphy.blogspot.com

© 2009 Éditions Milan – 300, rue Léon-Joulin, 31101 Toulouse Cedex 9, France
Dépôt légal : 2e trimestre 2009
ISBN : 978-2-7459-3857-2
Imprimé en France par Pollina - L49604C
www.editionsmilan.com

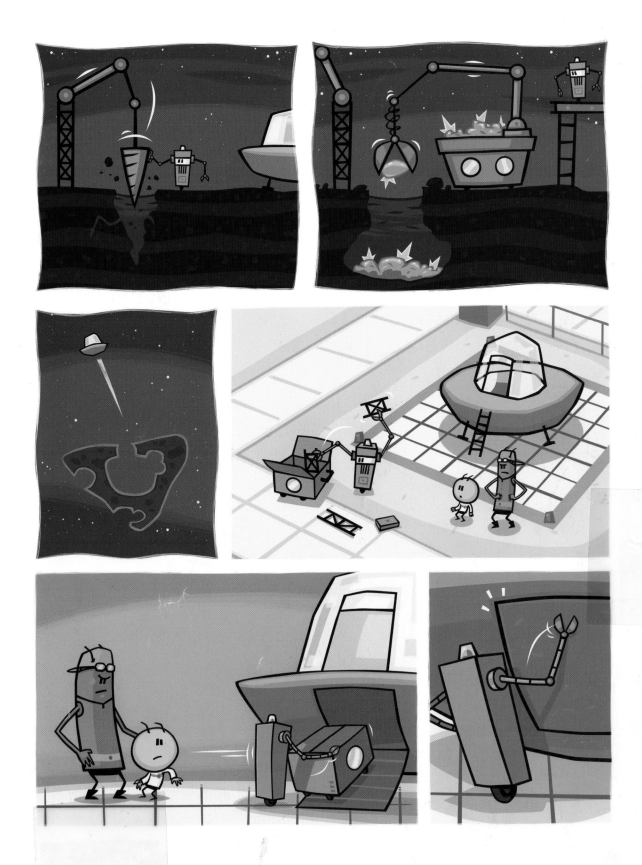

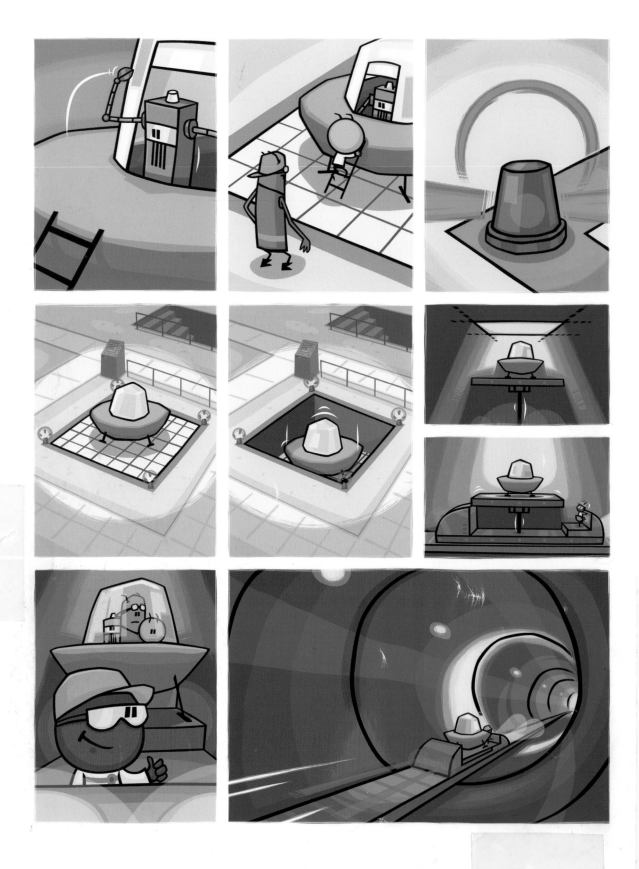

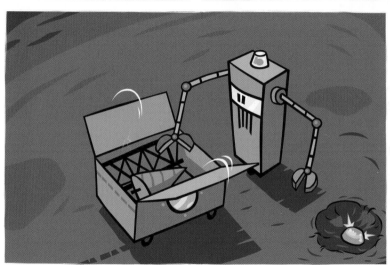

Fin

Parmi les habitants de l'astéroïde,
lequel est triste ?
Lequel est en colère ?
Lequel dort ?

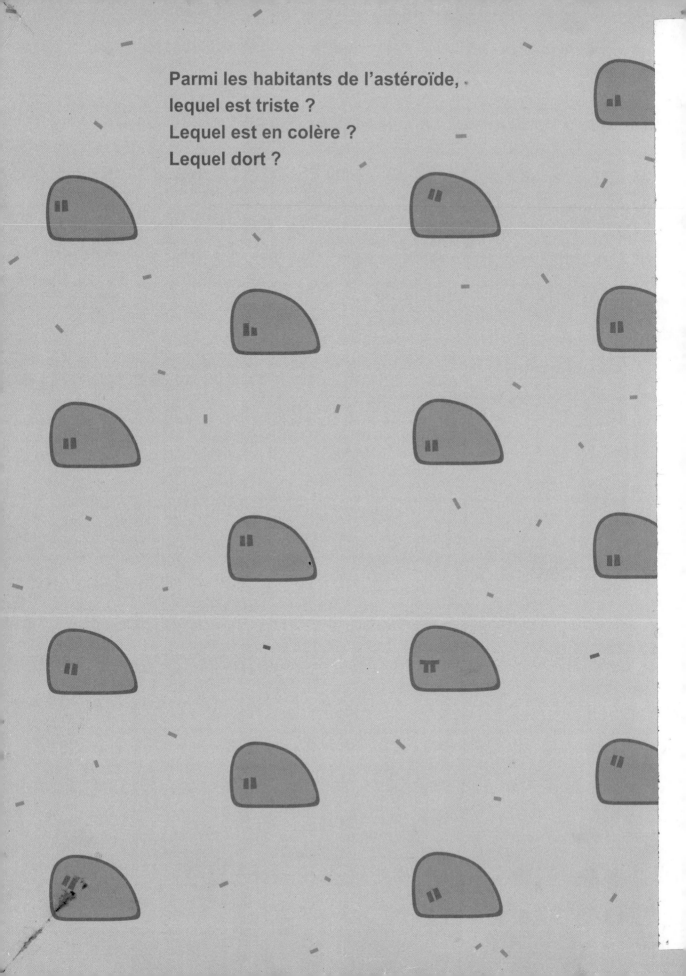